THE TRIPLE BANANA SPLIT BOY

EL NIÑO GOLOSO

By / Por Lucha Corpi

Illustrations by / Ilustraciones de Lisa Fields

Piñata Books
Arte Público Press
Houston, Texas

Publication of *The Triple Banana Split Boy* is funded by grants from the City of Houston through the Houston Arts Alliance, the Clayton Fund, and the Exemplar Program, a program of Americans for the Arts in collaboration with the LarsonAllen Public Services Group, with funding from the Ford Foundation. We are grateful for their support.

Esta edición de *El niño goloso* ha sido subvencionada por la Ciudad de Houston por medio del Houston Arts Alliance, el Fondo Clayton y el Exemplar Program, un programa de Americans for the Arts en colaboración con LarsonAllen Public Services Group, con fondos de la Fundación Ford. Les agradecemos su apoyo.

Piñata Books are full of surprises!
¡Piñata Books están llenos de sorpresas!

Piñata Books
An Imprint of Arte Público Press
University of Houston
452 Cullen Performance Hall
Houston, Texas 77204-2004

Corpi, Lucha, 1945-
  The triple banana split boy / by Lucha Corpi ; illustrations by Lisa Fields = El niño goloso / por Lucha Corpi ; ilustraciones de Lisa Fields.
    p.   cm.
  Summary: Young Enrique, who loves to eat desserts, learns how to control—and appreciate—his sweet tooth, with the help of his mother and El Coco, a fearsome creature with a huge mouth and sticky hair.
  ISBN 978-1-55885-504-5 (alk. paper)
  [1. Food habits—Fiction. 2. Desserts—Fiction. 3. Hispanic Americans—Fiction. 4. Spanish language materials—Bilingual.] I. Fields, Lisa, ill. II. Title. III. Title: El niño goloso.
PZ73.C6738 2009
[E]—dc22
                                                                2008034628
                                                                CIP

♾ The paper used in this publication meets the requirements of the American National Standard for Permanence of Paper for Printed Library Materials Z39.48-1984.

9 0 1 2 3 4 5 6 7 8   10 9 8 7 6 5 4 3 2 1

With love and warm hugs to Kiara Alyssa and Nikolas Enrique Hernández for urging me to write this story; to the Red Rock Elementary School children, and in particular to Mrs. Margo Zaragoza and her class, who hosted my first reading of this manuscript; to Harriet Rhomer for reading my first draft; to Lisa Fields for her beautifully rendered illustrations; to Marina Tristán and Adelaida Mendoza for their encouragement and hard work on my behalf; to my editors Nicolás Kanellos and Gabriela Baeza Ventura for helping me shape the final draft; to my youngest, Kamille Elin Hernández and Quincy Emil Howard; and, of course, to my son Arturo, the original "triple banana split boy."
⊗⊗ LC ⊗⊗

To my parents for their endless love and support.
⊗⊗ LF ⊗⊗

Con todo cariño y calurosos abrazos para Kiara Alyssa y Nikolas Enrique Hernández por insistir en que escribiera esta historia; para los niños de Red Rock Elementary School, especialmente para la señora Margo Zaragoza y su clase, donde hice la primera lectura de este manuscrito; para Harriet Rhomer por leer la primera versión de esta obra; para Lisa Fields por sus bellas ilustraciones; para Marina Tristán y Adelaida Mendoza por su trabajo en este proyecto; para mis editores Nicolás Kanellos y Gabriela Baeza Ventura por ayudarme a darle cuerpo a la versión final; a mis nietos más pequeños, Kamille Elin Hernández y Quincy Emil Howard; y, por supuesto, para mi hijo Arturo, el verdadero "niño goloso".
⊗⊗ LC ⊗⊗

Para mis padres por su infinito amor y apoyo.
⊗⊗ LF ⊗⊗

Enrique sat on a patio bench watching his mother water the plants in the yard. Hummingbirds fluttered over the sage stalks, savoring their sweet meal.

"How come *you* can have sweets and I can't?" Enrique asked the hummingbirds.

"'No sweets at all,' Dad says. I can't even help Grandma with her baking. And my birthday is coming up. NOT FAIR!" he shouted.

The birds ignored him and continued feasting.

Enrique, sentado en una banca, miraba a su mamá regar las plantas del patio. Los colibríes aleteaban sobre las espigas de la salvia y saboreaban su dulce comida.

—¿Por qué ustedes *sí* pueden comer dulces y yo no? —Enrique les preguntó a los colibríes.

—"Nada de dulces" dice Papá. Ni siquiera puedo ayudar a Abuelita a hornear. Y pronto voy a cumplir años. ¡NO ES JUSTO! —gritó.

Los pájaros lo ignoraron y continuaron con su banquete.

On Monday, Enrique opened his math book to do his homework. Numbers jumped off the page before his very eyes.

3, made of two raspberry-glazed donut halves smothered in whipped cream, danced with gusto. **8**, a fat chocolate cake snake with strawberry ice cream in the middle, slithered and hissed. And **0**, a yummy kiwi tart, winked at him.

ARGHHH! What was the use? His life was over. OVEEER!

El lunes, Enrique abrió el libro de matemáticas para hacer su tarea. Los números saltaban de la página ante sus ojos.

El **3**, dos medias donas glaseadas de frambuesa y cubiertas de crema batida bailaban con gusto. El **8**, una gorda víbora de pastel de chocolate con helado de fresa en el centro, se deslizaba y siseaba. Y el **0**, una tartaleta sabrosa de kiwi, le guiñaba el ojo.

¡AYYY! ¿Qué importaba? Era el fin. ¡EL FIN!

On Tuesday, Enrique had a brilliant idea! One yummy treat a day couldn't possibly make a difference. Yeah! Enrique broke into his bright blue piggy bank and got a few dollar bills out.

After school, at the corner store, Enrique grabbed a cupcake. He chewed hard and fast until every sweet morsel was gone. He brushed off the crumbs. In ten swift leaps he was back at the school curb waiting for his mom to pick him up.

Enrique's plan worked. But he had to make sure his parents never found out.

El martes, a Enrique se le ocurrió una brillante idea. Disfrutar de una sabrosa golosina al día no importaría. ¡Claro! Enrique metió la mano en su alcancía, un lustroso cochinito azul y sacó unos cuantos billetes de a dólar.

Después de la escuela, en la tiendita de la esquina, compró un pastelito. Masticó fuerte y rápidamente hasta comerse el último bocado. Se sacudió las migajas. En diez saltos ligeros llegó de vuelta a la acera de la escuela, a esperar a que su mamá lo recogiera.

El plan de Enrique daba resultados. Sólo tenía que asegurarse de que sus padres nunca se enteraran.

On Thursday, Enrique couldn't believe his eyes. His mom was early. She sat in the car waiting for him. He shoved a small package of donuts into his backpack and ran to the car.

He expected a scolding. But his mother said nothing, not even at dinnertime. This was bad, very bad!

Now, helping Grandma with her baking on Saturdays was totally out of the question.

El jueves, Enrique no podía creerlo. Su mamá había llegado temprano. Estaba sentada en el carro, esperándolo. Rápidamente metió el paquete de donas a su mochila y corrió al carro.

Esperaba un regaño. Pero su mamá no le dijo nada, ni siquiera durante la cena. Esto andaba mal. ¡Muy mal!

Ahora no podría ayudarle a su abuelita a hornear ni siquiera los sábados.

Enrique wanted to be good. But even in his textbook, George Washington's hair seemed to be made of curly shreds of sweet coconut. What to do!

He talked to his fish about the unfairness of it all. Their mouths opened and closed, but no word of comfort came out of them. His dog Toro listened and gazed at him with sad eyes. Enrique even asked his action figures what to do. But none would tell him how to get rid of that awful feeling in the pit of his stomach.

What to do!

Enrique quería portarse bien. Pero hasta el cabello de George Washington en su libro de texto parecía hecho de tiras de coco. ¡Qué podía hacer!

Platicó con los peces sobre lo injusto de su situación. Los peces sólo abrían y cerraban las bocas sin ofrecer palabras de aliento. Su perro Toro lo escuchaba y lo miraba con tristeza. Entonces, Enrique les preguntó a sus superhéroes qué hacer. Pero ninguno podía decirle cómo deshacerse de esa terrible sensación en el estómago.

¡Qué podía hacer!

That night, Enrique heard a deep voice say, "Let's have some cookies, sweet-toothed boy." He knew it was El Coco, a fearsome creature with a huge mouth and sticky hair, who showed up when Enrique did something wrong.

In one swift leap, El Coco was by Enrique's bedside. He opened his huge mouth, and chocolate syrup gushed out. In a flash, Enrique's whole body was covered. Cherries, strawberries, and slices of cheese cake floated on the dark sticky stream.

A cherry floated by. Enrique wanted to bite into it, but one bite, he knew, and the chocolate would harden. He would be trapped forever in that hard sweetness.

"NO-O-O-O-O!" Enrique awoke startled.

Esa noche, Enrique escuchó una voz ronca que le decía —Comamos unas galletitas, niño goloso. —Sabía que era El Coco, el horrible monstruo de boca inmensa y pelo pegajoso que se le aparecía cuando hacía algo malo.

De un salto veloz, El Coco llegó a la cama de Enrique. Abrió su grandísima boca y le escurrió una baba de chocolate. En un instante, todo el cuerpo de Enrique quedó cubierto. Cerezas, fresas y rebanadas de pastel de queso flotaban en el torrente oscuro y pegajoso.

Una cereza flotaba cerca. Enrique quería morderla, pero sabía que con sólo una mordida, el chocolate se endurecería. Quedaría atrapado para siempre en esa dulzura densa.

—¡NOOOO! —Enrique se despertó sobresaltado.

On Friday, Enrique's mom said, "I know what you've been doing after school, my little fox." Enrique held his breath.

"I have an idea that may help you crave sweets less," she added. Enrique exhaled.

"For the next three weeks, you may have any dessert you like, but only on Mondays and Fridays after school. It'll be our secret. After three weeks, we'll tell Dad."

Enrique promised. Cream puffs and strawberries dipped in chocolate played soccer in his head. His mouth was the goal. What a sweet deal!

El viernes Mamá le dijo: —Ya sé lo que haces al salir de la escuela, mi pequeño zorro. —Enrique dejó de respirar.

—Tengo una idea que tal vez te ayude a no comer tantos dulces —agregó. Enrique recobró el aliento.

—Durante las próximas tres semanas podrás comer todos los postres que quieras, pero solamente los lunes y viernes después de la escuela. Será nuestro secreto. Después de tres semanas, se lo diremos a tu papá.

Enrique se lo prometió mientras unas bolitas de crema y fresas bañadas de chocolate jugaban un partido de fútbol en su imaginación. Su boca era la portería. ¡Qué trato tan delicioso!

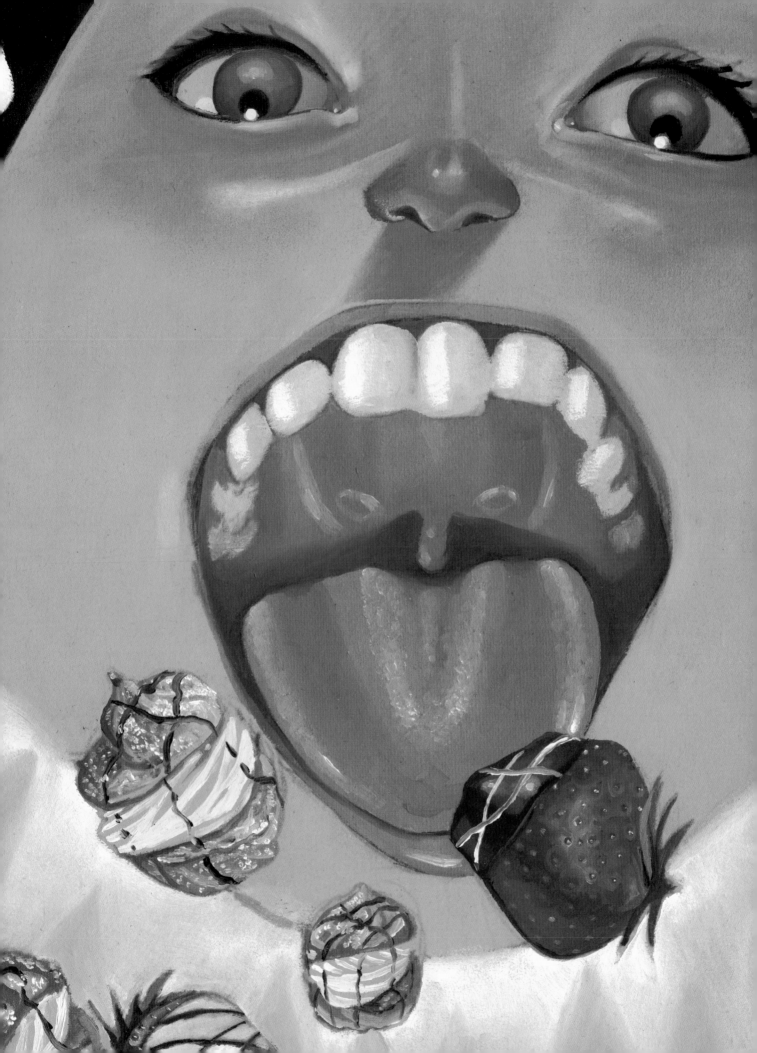

All day Saturday and Sunday, Enrique planned. On Monday morning, he told his mom he wanted to go to Fenton's Ice Creamery. She agreed.

After school they drove to Fenton's. Toro was with them. They had to tie him to a street post outside the ice cream parlor. Enrique and his mom sat at a window table so they could keep an eye on the dog.

Enrique ordered a triple banana split, with strawberry, chocolate and vanilla scoops, nuts and sprinkles and chocolate syrup.

Enrique hizo planes todo el sábado y domingo. El lunes por la mañana le dijo a su mamá que quería ir a la heladería Fenton's. Ella accedió.

Después de la escuela fueron a Fenton's. Toro iba con ellos. Lo tuvieron que atar a un poste de la calle enfrente de la heladería. Enrique y su mamá tomaron asiento en una mesa junto a la ventana para poder vigilar al perro.

Enrique pidió una *banana split* triple con helado de fresa, chocolate y vainilla, con nueces, colorines de dulce y almíbar de chocolate.

After a long wait, the waiter set a luscious ice cream masterpiece on the table. It looked like a Viking ship filled with treasure.

"WOW!" Enrique was pleased. His mom gasped. Did she have enough stomach medicine at home? Outside, Toro perked up and sat on his hind legs, ears straight up, tongue drooling. "Ooh. Ah," everyone in the parlor exclaimed.

For almost an hour, Enrique slowly but steadily licked and slurped and crunched and savored his sweet treasure. When he was done, everyone in the parlor applauded.

Después de una larga espera, el mesero puso una suculenta obra maestra en la mesa. Parecía un gran barco vikingo lleno de tesoros.

—¡QUÉ RICO! —Enrique estaba feliz. Su mamá respiró hondo. ¿Tendría suficiente medicina en casa para el dolor de estómago? Afuera, Toro se reanimó y se sentó en las patas traseras con las orejas alzadas y la lengua babeante. —¡Uh, ah! —exclamaron todos en la heladería.

Por casi una hora, Enrique lenta pero afananosamente lamió y sorbió y masticó y saboreó su dulce tesoro. Cuando por fin terminó, todos en la heladería le aplaudieron.

Back home, Enrique went into the bathroom and looked at himself in the mirror. His stomach turned. Layers of pink and brown, multi-colored sprinkles and bits of nuts covered his face. Gooey lines of strawberry red ran from his nose to his upper lip and around to his chin. His sticky hair stood on end.

ARGGGH! He looked like El Coco. He had become what he feared most. He quickly washed his face and hair, checked in the mirror again and gave a sigh of relief.

Later, his mom gave him some stomach medicine. Enrique felt better, but El Coco still showed up in his dreams that night.

En casa, Enrique fue al baño y se miró en el espejo. Se le revolvió el estómago. Capas de color rosa y café, cubiertas de dulces colorines y pedacitos de nuez le cubrían la cara. Unas líneas viscosas de roja fresa le corrían de la nariz al labio y alrededor de la barbilla. Tenía el cabello pegajoso y parado.

—¡AY! —Estaba igualito al Coco. Se había convertido en lo que más temía. Se lavó la cara y el cabello con rapidez, volvió a verse en el espejo y suspiró de alivio.

Más tarde, Mamá le dio medicina para el estómago. Enrique se sintió mejor, pero esa noche, El Coco se le apareció una vez más en los sueños.

The following Friday, Enrique asked to go to Fenton's again. His mom gasped again. But she kept her promise. Enrique ordered only a small bowl of strawberry ice cream. His mom smiled. Enrique slept soundly that night. El Coco stayed away.

For two weeks, Enrique checked the phone book for the best bakeries and dessert shops in town. He wrote down their addresses so his mom would know where to go. He looked in his grandma's cookbooks for new desserts to try. He began to feel better, inside and out. Most of all, he enjoyed planning their sweet adventures.

Enrique pidió ir a Fenton's de nuevo. A su mamá se le fue el aliento otra vez. Pero cumplió con su promesa. Enrique pidió solamente una pequeña copa de helado de fresa. Su mamá sonrió. Enrique durmió bien esa noche. El Coco ni siquiera se le acercó.

Durante dos semanas, Enrique buscó en el directorio telefónico los nombres de las mejores panaderías y reposterías de la ciudad. Anotó las direcciones para que su mamá supiera adónde ir. Revisó los libros de repostería de su abuelita en busca de nuevos postres que probar. Empezó a sentirse mejor, por dentro y por fuera. Más que nada, le emocionaba planear sus dulces aventuras.

Three weeks later, Enrique told his dad about their trips in search of the best sweets. "Is that okay with you?" he asked. His dad smiled. This was very, very good!

"Can Enrique help me with my baking again?" Grandma asked. Mom and Dad said yes. Every Saturday, Enrique and his grandma baked to their hearts' content.

Flans, caramel and coconut custards, puddings, Mexican sweet breads, berry and apple pies, kiwi and peach tortes, carrot, banana and chocolate cakes and pumpkin or cream turnovers filled their kitchen. The fragrance of nutmeg, ginger, vanilla, cinnamon and chocolate blended in the air. This was Heaven!

Tres semanas después, Enrique le contó a su papá sobre sus excursiones en busca de los mejores postres. —¿Te parece bien? —le preguntó. Su papá sonrió. ¡La cosa andaba bien, muy bien!

—¿Puede Enrique ayudarme otra vez a hornear? —preguntó su abuelita. Mamá y Papá dijeron que sí. Todos los sábados, Enrique y su abuelita horneaban con el corazón rebosante de felicidad.

La cocina se llenó de flanes, natillas, cocadas, pan dulce mexicano, pays de fresa y manzana, tartaletas de kiwi y durazno, pasteles de zanahoria, plátano y chocolate y empanaditas de crema o calabaza. Los aromas de la nuez moscada, el jengibre, la vainilla, la canela y el chocolate se mezclaban en el ambiente. ¡Así era el cielo!

When his birthday came around, Enrique invited all of his classmates to his party. He and Grandma made delicious pumpkin turnovers for everyone to take home. They baked and decorated a beautiful birthday cake in the shape of a Viking ship. The shell was made of milk chocolate. In it sat layers of carrot cake topped with sweet cream and orange and banana slices sprinkled with nuts.

Cuando llegó su cumpleaños, Enrique invitó a todos sus compañeros de la escuela a su fiesta. Él y su abuelita prepararon deliciosas empanadas de calabaza para que todos las llevaran a casa. Hornearon y decoraron un hermoso pastel en forma de barco vikingo. El casco del barco estaba hecho de chocolate. En él había capas de pastel de zanahoria cubiertas de crema dulce y rodajas de naranja y plátano salpicadas de nuez.

"Enrique made his own cake and all the party favors," his mom announced at the party. All the boys and girls asked if they could help on Saturdays. They wanted to learn how to make such wonderful desserts.

"You're a hit, Chef Enrique," his mom said. Enrique hugged his mom for the longest time.

"Good job, son," his dad said and put his arms around him.

It was Enrique's best birthday party ever.

—Enrique preparó su propio pastel y todos los regalitos para llevar a casa —anunció su mamá a todos los invitados. Todos los niños preguntaron si podían ir los sábados a ayudar. Querían aprender cómo preparar todos esos sabrosos postres.

—Eres un éxito, Chef Enrique —le dijo su mamá. Enrique abrazó a su mamá por un largo rato.

—Qué bien lo hiciste, hijo —le dijo su papá y le pasó el brazo por los hombros.

Fue la mejor fiesta de cumpleaños de toda su vida.

Born in Jáltipan, Veracruz, **Lucha Corpi** has lived in the San Francisco Bay Area since 1964. She is the author of four mystery novels, two collections of poetry and a children's book, *Where Fireflies Dance / Ahí, donde bailan las luciérnagas* (Children's Book Press, 2002). *The Triple Banana Split Boy / El niño goloso* is a fictionalized story, inspired by events in her and her son Arturo's life. When she told the story about their father's sweet tooth, her grandchildren, Kiara Alyssa and Nikolas Enrique Hernández, issued her a challenge: "Write it, Abuelita. Next time you come to visit, we want you to read us the story." She did, and Kiara and Niko became involved in the process, offering their suggestions. Lucha was a teacher in the Oakland Public Schools' Neighborhood Centers Adult School, and retired in 2005. Her son Arturo is now an associate professor of cognitive sciences at the University of Houston.

Lucha Corpi nació en Jáltipan, Veracruz y ha vivido en la bahía de San Francisco desde 1964. Ha escrito cuatro novelas de misterio, dos colecciones de poesía y un libro infantil, *Where Fireflies Dance / Ahí, donde bailan las luciérnagas* (Children's Book Press, 2002). *The Triple Banana Split Boy / El niño goloso* es una historia basada en eventos de la vida de ella y su hijo Arturo. Cuando les contó a sus nietos, Kiara Alyssa y Nikolas Enrique Hernández, la historia del gusto por las golosinas de su padre, los niños le dieron un desafío, "Escribe la historia, Abuelita. Queremos que la próxima vez que nos visites nos la leas". Lucha lo hizo y Kiara y Niko se involucraron en el proceso y le dieron sugerencias. Lucha trabajó como maestra en el Oakland Public Schools' Neighborhood Centers Adult School hasta que se jubiló en 2005. Su hijo Arturo es ahora catedrático de ciencias cognitivas en la Universidad de Houston.

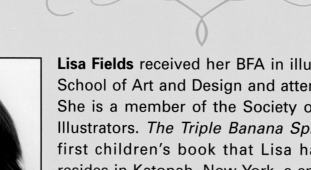

Lisa Fields received her BFA in illustration in 2006 from Ringling School of Art and Design and attended the Illustration Academy. She is a member of the Society of Children's Book Writers and Illustrators. *The Triple Banana Split Boy / El niño goloso* is the first children's book that Lisa has illustrated. She currently resides in Katonah, New York, a small hamlet north of New York City, where she grew up.

Lisa Fields recibió su BFA en ilustración en 2006 de Ringling School of Art and Design y asistió a Illustration Academy. Es miembro de la Society of Children's Book Writers and Illustrators. *Triple Banana Split Boy / El niño goloso* es su primer libro infantil. En la actualidad, Lisa vive en Katonah, New York, una pequeña comunidad al norte de la ciudad de Nueva York, donde se crio.